JN095544

詩集

風の声　空の涙

あおい満月

土曜美術社出版販売

詩集　風の声　空の涙＊目次

カバー写真／長谷川　忍

詩集

風の声　空の涙

I

声

誰かの視線をいつも感じる
行きかう人々は
誰も私を見ていない
握りしめたスマートフォンが
するりと手から滑り落ちた
それを誰かが踏みつけていった
皆、私の知らない何かに向かい
魚になって駅のホームに流れていく

視線には声がある
声は言葉にならない呟きで
私の思考を魚のように泳ぎ回る
地下鉄に乗ると
世界が鏡になる
真っ暗な車窓に映る世界は
皆、私の顔になる

一人、二人、三人
車窓に映る私が増えていく
そのなかで一人だけ
動かぬ視線の私がいた
その視線を
咀嚼しながら凝視する

すると無数の私は一人になり
視線の声が鳴り止んだ
電車がホームに着き私は降りる
誰かが訝しげに振り返って私を見た

両眼から
血を流している

蜘蛛の糸

いくすじもの
汚れた蜘蛛の糸で
がんじがらめになった心を
鋏で切り開く
切り開かれた心のなかから
どす黒く長い
髪の毛の塊のような
異臭の漂う藻が出てくる
藻のなかには

いくつかの赤や金色や銀色や
きらきらした星のようなものも含まれているが
そのなかに揺らめいているなにかは
鋭い刃の猜疑心が血走っている

汚れた蜘蛛の糸は
私の口から吐き出されたもの

私の口から
捨て鉢になった感情や
憎しみの声、邪な思念
もっとも大きかったのが
ここから先の見えないことへの恐怖心
恐怖心が黒い大きな蜘蛛になって

私に糸を吐かせた
私のなかには
黒い大きな蜘蛛がいる
この蜘蛛を殺さない限り
私に光の朝はない

鋏の先を
寝ている蜘蛛に向ける
私は蜘蛛を鋏で突き刺す
刹那、心臓に強い痛みを感じた

箍(たが)が外れた
私は握りしめた拳をほどいて
静かに眠りにつく

やがて
目覚まし時計が朝を告げる頃
私は目を覚まし

静かな川の音（ね）のような
雨音を聴く

空

無数の火の玉が
目を閉じた私の瞼のなかで
炸裂しながら花開く
花は花火のようだが
よく見ると無数の目だった
目たちは私を見ていない
目たちには耳がある
目たちの耳は魚の鰓のように
私を見ないで

風をたよりに私の声を聴く

目たちに話しかけてみる
目たちは私の一声だけで
その瞳に言葉を映し出す
言葉は思いがけなかった
私には思い当たらなかったが
確かに記憶にある言葉だった

言葉の肩に触れてみると
そこに見えたものは
遥か遠い空だった

雲一つない夏の空は美しい

けれど私からは遠かった
瞳のなかに
しっかりと空を焼きつけた

私のポケットには
色とりどりのいくつもの空が
からからと氷のように笑っている

虹

鈍色の雲が切れて
ささやかだけれど強い光が
地上にたくさん降り注ぎ
街は光で包まれる
まぶしさで見上げると
東の空のはるか向こうに
七色の虹の瞳が
見つめる私に向かって
優しく微笑んでいる

熱い雨にずぶ濡れになったこの身体は
悪戯な風に傘を喰われたこの心はずっと
さしのべられるあたたかな
優しさを箱の中に仕舞い込んだまま
歩くたびに躓いてしまう
合わない靴を履きながら歩く人生だった
躓いて転ぶたび
擦りむいた膝小僧の血を舐めて
悲しい優越に浸っていた
その膝の傷の血で
いくつもの詩を書いた
私が何故
自己に何度も刃を立てて

その血で心を現わしてきたのかを
人々は誰も知らない

虹の微笑みが
私の街と
私のすべてを包み込む
膝の傷は痛むけれど
ゆっくりと錠をほどく
箱の中に閉じ込めた優しさがひろがる
虹の微笑みをしっかりと見つめる

生きていく、と
誓った

汽笛

窓辺で夜を見ていると
はるか遠くから
船の汽笛が聴こえる

私の住んでいる町には
茜浜という
海へと注ぐ河がある
子供の頃は
私はこの河が怖かった

ずうっと眺めていると
引き込まれてしまうような気がして
実際に、釣りをしていた男性が
この河に引き込まれて溺死したという

恐ろしい死の河
けれど、海という
生命の源へと続く河

汽笛は
千葉港から響いてくる
夜の海の水面を
私は今でも直視できない
それはやがてはやってくる

私の死を
受け入れられない

それは
幾重にも重ねられた
時間の層のなかに未だ残る
私の幼さのせい
なのだろうか

うみのなみだ

身体中から流れ出る
私を包み込みつかさどる
海のなみだが
私の首筋や背中や脇腹
脚の脛を伝って指先へと流れていく

私をつかさどる海
目を閉じて
生温かい皮膚の下を流れる

川の声を聴く

川の声のなかにある
物語が見える
数多の綴られた声のなかにある
たった一つの願いを探す

願いは見えないが
私の指先を
魚のように
するりと泳ぎ回る
微かな熱を感じる

それはやがて

夜空の星になる
月の導きとともに
夜空に昇る一番星

願いを託す

この世界から

深い悲しみが

消えますように、と

硝子

私は手にしたグラスをどんどん床に落として叩き割っていく。なぜそんなことをするのか自分でもわからない。けれど、グラスを叩き割っているとガシャンという音と硝子が飛び散る様に、言いようのない心の高揚感を感じる。何かを叩き割ることにいつごろ親近感を覚えたのかは定かではない。ただ時を超えてわかることは、何かを叩き割ることで自己のなかの無駄な部分を剝いでいく、そんなような、自己を壊すことで新たな何かを見るようなそんな冒険のような好奇心で、私は自己の世界をどんどん叩き割っている。叩き割る先に新たな私の言葉や風景があるなら、どんどん書きとって、形として残していきたい。風景を言葉にすること、言葉を風景にすることは私がしなくてはいけない、という上から的な考えはないが、言葉を書く、言葉と生きる人間ならどんどんやっていきたいことだ。そうわかったなら、私はどんどん自己のグラスを叩き割る。叩き割ったその先の、グラスの破片のなかに、新しい世界の入口を見つけられるのならば。破片の隙間に未来への入口がきっとあるだろう。そのなかの私を見る。

さかな

「君が望むものを、なんでもあげよう」とその人は言った。望むものなど何もなかった。その人は、毎日毎日、何度も何度も私に、望むものをなんでもあげようと言ってきた。私は本当に望むものなどなにもなかったけれど、心の片隅で何かが育っていく気配に気がつき、思わず見悶えた。それは、彼を「支配したい」という思い。こんな思いは初めてだった。「感情」とは違う「欲望」。「欲望」とは「感情」とは違う熱を帯びる。欲望の熱は黒くタールのようだ。私が本当にいらなかったものが胸のなかに今ある。私はそれを、トイレで勢いよく流す。タールは水流できれいに流されていく。突然、ゴーッという濁流音が窓の外から聞こえた。カーテンを開くと、窓の外に、大きな黒いタールの川が流れている。タールの川に赤い魚が何匹も泳いでいる。魚が巨大化して、私の家の窓を突き破って私の肩に嚙みついた。肩から血が流れる。私は、喰われた。私を喰った魚こそが私だった。

Ⅱ

揺れる水面

夜の海の揺れる水面を
一人眺めている
揺れる水面は
その揺れる波のひとひらのなかに
数々の物語を孕んでいる
その物語のなかに
私は一人の少女を見た
少女は人形を手に
窓の外の降りしきる雨を眺めている

雨の中にも物語が見えるのか
少女は雨に向かって言葉を掛けている
少女は詩を口ずさんでいる
雨に消えてはまた現れる街の詩

世界は雨に包まれて
木々の瞼を撫でていく
雨に包まれて消えゆく街は
明日と繋がるために
雲の向こうの
太陽の御胸へと還っていく

夜の海の目が
青く開いていく

水面の揺らぎが穏やかになり
物語は静かに眠る

私は海を後にして
朝の電車に乗り込む

少女と赤い花

乾いた大地に咲いた赤い花を
摘んだ少女の胸のなかで
ある想いが少しずつ目覚めていく
少女は背中に翼が欲しかった
乾いた大地を飛翔していく
白く大きな翼

少女は赤い胸の赤い花に
そっと願いを込める

晴れ渡っていた空が
暗くなり雲を切り裂いて
大きな満月が現れる

月の光は少女を優しく包み込む
月の光に抱かれながら
光は少女の背の上で
白く大きな翼になる

少女は眠りのなかの
乾いた大地を飛翔する
眼下に見えるわずかな街の灯が
夜空に咲く星のように

少女を見ていた

少女は大地に水を与えたいと思った
満月に向かい
少女は歌う
少女は雨を願った

少女の歌声が
乾いた大地を潤す雨になる
雨は大地の上を
流れながら愛撫する
大地は雨の愛撫に
そっと閉じた目を開いていく

*

朝
少女は目を覚ました
手のなかの赤い花はなくなっていた
カーテンを開き
窓の外を見ると
力強い雨が降り続いていた

少女は
この雨の向こうの
遥かな虹を想い
微笑んだ

はたふり

少女は見ていた。少女は、母親に連れられて会社に来ていた。母親はここで働いている。母親が毎日着ている制服には黄色いバッジが着いている。黄色いバッジ。これは母親が命の次に大切にしているもの。会社のフロアは一艘の帆船のように広かった。帆船のなかには黄色いバッジの人たちと赤いバッジの人たちが働いていた。両者とも働く眼差しは真剣だ。帆船のちょうど真ん中あたりには、灯台に似た見張り場があって、上には女の人が白い旗を振っている。胸には黄色いバッジと金色のバッジを着けている。少女の耳にささやきが聞こえる。それぞれの黄色いバッジを着けた男の人たちと赤いバッジを着けた男の人たちの声だ。黄色いバッジを着けた男の人たちは、皆舌打ちをしながら捨て台詞を吐き、赤いバッジの男の人たちは「旗振りいつもありがとう、頑張れ！」とささやき合っていた。少女は幼くて、状況がまだ摑めなかったが、はっきりと見てしまった。旗振りの手と脚が微妙に震えていたのを。旗振りの果たさなくてはならない役目の苦しみを。少女はゆっくりと理解した。

＊

旗振りのところへ、足の不自由な赤いバッジを着けた女の人がメモを持ちながらやってくる。赤いバッジのその他の女の人たちも、メモを手に手にやってくる。黄色いバッジの女の人たちもメモを手に集まってくる。母親の姿もある。旗振りは丁寧に説明をし、女の人たちは熱心にメモをとる。終わると皆一斉に旗振りに敬礼をし、旗振りは白い旗を振り上げ、皆自分の仕事場に戻っていった。少女は瞬き一つするのを忘れていた。

**

仕事を終えた母親に手を引かれ、会社を後にする少女に気がついた、金色のバッジの旗振りの女の人が、少女に優しく微笑んだ。少女は驚き、一瞬たじろんだが、蕾が綻ぶようにほろほろと笑みがこぼれてきた。

つぶて

黄金色の風に
ゆっくりと包まれていく
昼下がりの窓越しに見える世界は
太陽の手のひらで
あたためられて
ビルやマンションの
一軒一軒の窓には
誰かのぬくもりがある

公園で小さな男の子が
石ころを拾っていた
彼はその石ころに
珍しい何かを見たのだろうか
石ころを凝視するその目のなかに
明日の星がきらきらと瞬いている

霧のない思念のなかで
魚の鱗のように
光りながら翻るのは
生まれたての
雪のつぶてに似た
小さな言葉たち

冬の匂いが
運んでくる想いが
ゆっくりと強く
背中を押してくる

空の涙

空の涙を含んだ風が
耳元でそっと話しかける
私は風の声に耳を澄まし
風との対話をはじめる

風の抱いている
空の涙の本当の理由は
寂しさや孤独ではないという
空の涙は

この世界の優しさ

人々はそんなことは知る由もなく
鈍色の空を見上げて
ため息を吐く

けれど、雲の切れ間から
こぼれる光を目にしたとき
初めて人は
空の涙の優しさを知る
そして風に
両腕をいっぱい広げながら

はじめて

心の奥底に眠る
今でも心の奥底で
繰り返される鼓動の
生きている意味を知る

空の涙は
やがては海へと還っていく
私たちの身体も
大地へと還っていく
けれど
心は海へと還っていく

風の栞

朝の窓辺から見える
東の空の厚い雲の切れ間から
地上に落ちてくる
橙色の光が
一日のはじまりを告げる

昨日の悲しみや
果たされなかった約束や
言えなかった最後の言葉は

すべて夜の闇のなかに
呑み込ませてしまった

眠りのトンネルを抜けて
手のひらに残った
わずかな望みを握りしめて
外へ出る

東へ、東へと
朝陽が昇る空の下を目指して
前へ、前へと歩いていく

風が
掲げた帆を

私が進むべき未知へと導く

翼をひろげた鳥が
風の栞を残していった
そっと手にとり
深く、深く
胸のなかで抱きしめる

Ⅲ

手紙

花がめざめる
あらゆるものたちの
息吹をはらんだ夜のなかで
名もない花たちは
小さな羽を羽ばたかせながら
夜の海を渡り空へと向かう
花たちは蛍のように光りながら
夜の世界を彩っていく

*

私は扉を開くように
白い地図の上に
ペンを走らせていく
私の感覚のすべてを
握りしめたメスで切り開いていく
滴る血は言葉になり
白い世界を泳ぎ回る

**

生まれたての物語たちが
河を渡っていく

物語たちが互いに絡まりあい
河をつくってきた
河は海で溶けあい
物語はひとつになり
海に輝く星になる

＊＊＊

空と大地が手を取りあい
朝がやってくる
夜に咲いた花たちが
静かに眠りにつくとき
白い鷗が一羽
両の翼に

風の手紙を乗せてやってくる

海の道

少しだけ
瞼の重い夏の朝の
風の匂いを感じている

静かな緑のささやきのなかで
見えたものは
一本の道

その道を歩いていくと

今度は潮風の匂いが
私の髪を浚っていく

潮風のなかを舞う
鷗たちの声と
胸のなかの声が
見つめあいながら呼応する

私の鼓動から
ひろがり
あふれでる海が道をつくった

環

夜の海を舞うように泳ぐ魚たちを見ていた。魚たちは星のように煌めいていた。海中に微かに届く月明りに反射する鱗の輝きが浮かんでは消え、消えては浮かび上がる。

*

プラネタリウムに一人いた。プラネタリウムは星空の映画館。太陽の周りを回る地球と同じように回りながら地面に消えていく星たちの上に私は生きている不思議さを私は旅したい。星の旅はメビウスの環をなぞるように続いていく。メビウスの環が銀色に光る夜は何かが起こる。それはきっと奇蹟だろうかそれとも。

＊＊

地平線が輝いて朝が生まれ、今日が始まる。メビウスの環は太陽の手のひらへ。新たな世界の呼吸こそが、昨夜生まれた奇蹟の、大地を踏みしめる力強い足音。太陽の手のひらのなかでメビウスの環が私たちを見つめている。その視線の息吹が風のなかにあり続ける。

星の耳

耳を澄まして瞼の裏側にある夜空の星を眺めていると星たちの瞳が輝きながら私を見ている。星たちの瞳には耳があった。星たちの耳は私が今まで外界で見てきたものや聴こえたものを吸い込みながら瞳を輝かせている。私が見てきたものとは、すべてが綺麗なものではなく寧ろどす黒いヘドロのようなものが多かったが、私はそのなかに光を探した。どんな世界にも、そこに住む人々の息吹があり、世界がある。現実の世界とは、ソドムのような混沌としたものだと皆口々に言うが、私はそのなかにある光を信じて探し続けた。光はあった。けれどその光の向かう先が、どす黒い闇だと知った時、初めて私は目を覚まし、世界と闘う意思を握りしめた。静かなる闘志こそが、私の瞼の裏側にある星のすべて。今日も私の心の奥底の夜空に輝く星たちは、輝きながら、その原動力となる外界の世界の息吹を待つ。

白い海

空を、水面を
泳ぐように、飛ぶように
鏡の上に
地図を描いていく

私が見ている鏡とは
どこまでも白くて
何も見えない

その白い鏡の上に
ひとつ、ふたつ、みっつ
言葉の点描で
青や緑の
草原を描いていく

どこまでも
続いていく草原
太陽の光から
風が生まれる

風の光の香りを感じながら
草原のさらに先を進むと
風が香ばしくなり

耳元に潮騒が聴こえる

草原の向こうに
光を浴びた海が広がる
海はゆっくりと
両腕を広げて私を待っている

私は海のなかに
入っていく

海のなかは
繭のなかにいるように
あたたかい
何かが目の前を掠った

魚かと思ったそれは
私の視線だった

対話

荒れた大地に
いくつもの赤い痕跡がある
そこからいくつもの
人間が増殖し
荒れた大地を駆けめぐる
大地は傷痕から
増殖した人間たちに包まれ
鼓動をし、太陽の光を受ける

＊

私は毎日血を食べる
血は私の身体から
脳内を刺激し
眠っている
あらゆる細胞を目覚めさせる
血は私の諸手になり
一人の人から人をつくりだす
血は私の魂になり
誰かの魂に力を与える
言葉を紡ぎだす

すべては

未来を繋ぐために

＊＊

海の息吹を孕んだ風が
私の身体と心を満たしていく
海は私が生まれる前から
私の中心部であり
満月の夜に
赤い河を生み出す合図をおくる
海との対話とは
この呼応
海の合図は
永遠に終わらない

私がどんなに干からびようと
海を見つめて涙するとき
私は母を思い出す

未来を
そっと還すために

唄う川

川の流れをじっと見つめる。握りしめた石ころを流れのなかに投げる。流れは石ころを呑み込んで波紋のひとつも広げさせない。唄うようにかろやかな川の流れは時には気まぐれな猫の目の色のようにころころ変わり私の心を翻弄する。川の目のなかに一匹の魚が銀色の三日月の背を翻し泳いでいく。かろやかな流れのなかに両手をひたす。感じる光のような冷たさに明日の鼓動の高鳴りに密かに微笑む。

風

いくつもの風のなかの言葉が
私のなかを駆け抜けていった
私は風の言葉を摑まえるために
旗を振るように空の両手を必死に振った

詩作とは
大河の一滴のなかの命を
探すことに似ている
そうして

探し集めた命の息吹を
世界へ送る
誰かの心のなかに
花を咲かせて未来に繋ぐために

深呼吸をして
風のなかの言葉と一つになる
物語になり
広げた白い大地に
地図を描いていく

風が世界をつくっていく
風が命を育んでいく
風が私をつくりだす

彼方

揺れる水面に映る影が
私を乱し
また新しい私をつくる
新たにつくられた私の
瞳の奥の背中には
もう昨日の私はいない

菊田川*の
揺れる水面を見ていると

水面の奥に見える
魚たちが住む世界の
微かに澄んだ水底にゆれる
藻の陰に
時折、不安そうな少女を見る

かき集めた思いを
手のひらに握りしめて
空を見上げて明日を描く

歩き出す
アスファルトの大地は
灼熱で燃え滾る
その上で

生きる
水を孕んだ風が
皮膚にまとわりつき
立ち止まるが
私の視線は遠い彼方を
じっと見つめている

＊　菊田川　千葉県習志野市谷津町から秋津町を流れ、千葉港へと注ぐ川。

あとがき

私は幼少の頃から、暗い場所が大嫌いだった。今でもあまり好きではない。暗い土中には埋まりたくない。だから夜寝るときも、電気を点けたまま寝てしまう。

最近よく思うことがある。もしも、最期のときがおとずれて一生を終えてしまったら、この次私は風になって還りたいと。

それで私の第一詩集のタイトルを『風の声　空の涙』とした。

私は星座も風の星座である双子座だし、生まれながらにして風とともに生きる人間でありたいと思っている。

この詩集は、初めての出版ということもあり、かなり緊張して纏めました。そして土曜美術社出版販売の高木祐子社主の的確なご助言とご尽力により、私の希望通りの詩集に仕上がったのではないかと思っています。高木社主には心から厚く御礼申し上げます。

まだコロナ渦の続く中、この国の人たちや、世界中の人たちの苦しみが少しでも癒える日が来ることを願いつつ、この詩集に込めた私の「想い」が、一人でも多くの方の心に届けられたなら、こんな嬉しい事はないと思っています。

風は世界を巡り続けます。光を届けるために。

あおい満月

二〇二〇年九月

著者略歴

あおい満月（あおい・みづき／本名・濱野富士子）

一九八〇年六月生まれ

所属団体　詩と思想研究会、千葉詩人会議

現住所　〒二七五―〇〇二一　千葉県習志野市袖ケ浦三―一―六―一〇五

詩集　風の声　空の涙

発　行　二〇二〇年十一月二十日

著　者　あおい満月
装　丁　直井和夫
発行者　高木祐子
発行所　土曜美術社出版販売
〒162-0813　東京都新宿区東五軒町三―一〇
電　話　〇三―五二二九―〇七三〇
FAX　〇三―五二二九―〇七三二
振　替　〇〇一六〇―九―七五六九〇九
印刷・製本　モリモト印刷

ISBN978-4-8120-2606-9　C0092